- 中華繪本系列 -

從小讀經典 5

聊齋故事

[清] 蒲松齡 著

朱世芳

湯素蘭（改寫）

秀才的白日夢

四百多年前，一個春天的夜晚，在山東省淄（zī）博市洪山鎮蒲（pú）家莊，有一個商人做了個奇怪的夢：一個骨瘦如柴、胸前貼着一個銅錢大小的膏藥的和尚走進了他家裏……商人醒來後，他的第三個兒子出生了！胸前一塊青色的胎記，跟夢中那個和尚胸前的膏藥形狀一模一樣！

中國古代的文學家，都喜歡把自己的出生說得很神秘。《聊齋志異》的作者蒲松齡就說自己是父親夢到病和尚入室生下來的。他說因為自己是苦行僧轉世，所以一輩子都很窮苦。

蒲松齡的父親是商人，小時候家庭生活比較富裕。蒲松齡很聰明，很有才華。他十九歲參加秀才考試，連考了淄川縣、濟南府和山東省三個第一！但成為秀才還只是漫漫科舉考試的第一步。蒲松齡後來參加了將近二十次科舉考試，想考個舉人，但一直考到七十二歲也沒有考上。

後來，蒲松齡家裏分了家。結果家產都給兩個能搶能鬧的嫂子搶去了，蒲松齡只分到了三間連門板都沒有的老屋和二十畝薄田。蒲松齡分家後的第一件事就是去別人家借木板，把門安上；第二件事，就是找個活

兒幹。

因為沒有考上舉人，就沒有做官的資格，蒲松齡只好到別人家裏教私塾——當家庭教師。當家庭教師的收入少得可憐，維持一家老小的生活很是艱難。因為太窮了，蒲松齡苦中作樂，寫了一篇《祭窮神文》。他問窮神：「窮神，窮神，我與你何親，興騰騰的門兒你不去尋，偏把我的門兒進？」但不管怎樣問，窮神就是跟定了蒲松齡。

蒲松齡喜歡結交朋友，他雖然沒有考取功名，但是，大家都知道他很有才華，都願意和他交往。在與別人交往的過程中，別人講的故事，蒲松齡都記在心裏，把它們寫下來。古人在書裏寫的奇奇怪怪的事情，他也會加上自己的想像，重新把故事寫一遍。《聊齋志異》是蒲松齡花盡畢生心血寫成的一部短篇小說集，一共有四百九十一篇。「聊齋」是蒲松齡書齋的名字，「志」是記錄、記述的意思，「異」是指奇異的事情。

每到夜深人靜，獨自坐在荒涼的書齋裏，聽到狐狸在園子裏輕輕跑過，聽到遠處山上獐（zhāng）子的叫聲，這時蒲松齡腦子裏就充滿了幻想。他幻想有一個像他這樣的窮書生，獨自在燈下讀書，門「吱呀」一聲開了，進來一個美麗的女子，陪窮書生一起讀書；想像一個書生在山上迷路了，卻得到狐鬼花妖的幫助，從此過上了幸福快樂的生活⋯⋯

一七一五年正月二十二日傍晚時分，七十六歲的蒲松齡坐在聊齋的窗前，永遠地離開了人世。他為我們留下的那些充滿神奇幻想的故事，將一代又一代讀者帶到一個靈異世界，去認識那些多情的鬼怪花妖⋯⋯

目 錄

小官人

一天，有個老爺爺獨自躺在書房裏看書。

忽然，他看見一支小小的儀仗隊簇擁着一抬官轎從客廳的角落裏走出來。

儀仗隊由幾十個人組成，騎着馬，敲鑼打鼓，吹着喇叭、嗩吶，好不威風。但儀仗隊的馬匹只有青蛙那麼大，人也只有拇指那麼粗。

nà wèi guān lǎo ye tóu dài wū shā mào，shēn chuān xiù
那位官老爺頭戴烏紗帽，身穿繡
huā páo，zuò zài jiào zi li，yí fù dé yì yáng yáng de
花袍，坐在轎子裏，一副得意洋洋的
yàng zi
樣子。

nán dào shì jiè shang yǒu zhè yàng xiǎo de rén hé zhè yàng
難道世界上有這樣小的人和這樣
xiǎo de chē liàng mǎ pǐ lǎo yé ye jiǎn zhí bù gǎn xiāng
小的車輛、馬匹？老爺爺簡直不敢相
xìn zì jǐ de yǎn jing
信自己的眼睛。

lǎo yé ye yǐ wéi zì jǐ kàn huā le yǎn　tā róu rou yǎn jing　　zǐ xì yí kàn　kàn jiàn yí gè xiǎo xiǎo de rén ná
老爺爺以為自己看花了眼。他揉揉眼睛，仔細一看，看見一個小小的人拿

zhe yí gè quán tóu dà xiǎo de zhǐ bāo　jí cōng cōng de cháo zì jǐ pǎo lái
着一個拳頭大小的紙包，急匆匆地朝自己跑來。

nà　ge xiǎo rén pǎo dào lǎo yé ye de chuáng qián
那個小人跑到老爺爺的 床前，

duì lǎo yé ye shuō　　wǒ men jiā lǎo ye yǒu yí fèn xiǎo
對老爺爺說：「我們家老爺有一份小

xiǎo de lǐ wù yào sòng gěi nín
小的禮物要送給您。」

lǎo yé ye xiǎng wèn tā shì shén me lǐ wù
老爺爺想問他是甚麼禮物。

　　<ruby>小<rt>xiǎo</rt></ruby><ruby>小<rt>xiǎo</rt></ruby><ruby>人<rt>rén</rt></ruby><ruby>沒<rt>méi</rt></ruby><ruby>把<rt>bǎ</rt></ruby><ruby>禮<rt>lǐ</rt></ruby><ruby>物<rt>wù</rt></ruby><ruby>拿<rt>ná</rt></ruby><ruby>出<rt>chū</rt></ruby><ruby>來<rt>lái</rt></ruby>，<ruby>而<rt>ér</rt></ruby><ruby>是<rt>shì</rt></ruby><ruby>說<rt>shuō</rt></ruby>：「<ruby>只<rt>zhǐ</rt></ruby><ruby>是<rt>shì</rt></ruby><ruby>一<rt>yí</rt></ruby><ruby>份<rt>fèn</rt></ruby><ruby>小<rt>xiǎo</rt></ruby><ruby>禮<rt>lǐ</rt></ruby><ruby>物<rt>wù</rt></ruby>，<ruby>對<rt>duì</rt></ruby><ruby>您<rt>nín</rt></ruby><ruby>也<rt>yě</rt></ruby><ruby>沒<rt>méi</rt></ruby><ruby>有<rt>yǒu</rt></ruby><ruby>甚<rt>shén</rt></ruby><ruby>麼<rt>me</rt></ruby><ruby>用<rt>yòng</rt></ruby><ruby>處<rt>chu</rt></ruby>，<ruby>不<rt>bù</rt></ruby><ruby>如<rt>rú</rt></ruby><ruby>您<rt>nín</rt></ruby><ruby>就<rt>jiù</rt></ruby><ruby>賞<rt>shǎng</rt></ruby><ruby>給<rt>gěi</rt></ruby><ruby>我<rt>wǒ</rt></ruby><ruby>吧<rt>ba</rt></ruby>！」

　　<ruby>老<rt>lǎo</rt></ruby><ruby>爺<rt>yé</rt></ruby><ruby>爺<rt>ye</rt></ruby><ruby>還<rt>hái</rt></ruby><ruby>沒<rt>méi</rt></ruby><ruby>有<rt>yǒu</rt></ruby><ruby>回<rt>huí</rt></ruby><ruby>過<rt>guò</rt></ruby><ruby>神<rt>shén</rt></ruby><ruby>來<rt>lái</rt></ruby>，<ruby>就<rt>jiù</rt></ruby><ruby>隨<rt>suí</rt></ruby><ruby>意<rt>yì</rt></ruby><ruby>地<rt>de</rt></ruby><ruby>點<rt>diǎn</rt></ruby><ruby>了<rt>le</rt></ruby><ruby>點<rt>diǎn</rt></ruby><ruby>頭<rt>tóu</rt></ruby>。<ruby>那<rt>nà</rt></ruby><ruby>個<rt>ge</rt></ruby><ruby>小<rt>xiǎo</rt></ruby><ruby>小<rt>xiǎo</rt></ruby><ruby>的<rt>de</rt></ruby><ruby>人<rt>rén</rt></ruby><ruby>見<rt>jiàn</rt></ruby><ruby>了<rt>le</rt></ruby>，<ruby>高<rt>gāo</rt></ruby><ruby>興<rt>xìng</rt></ruby><ruby>地<rt>de</rt></ruby><ruby>收<rt>shōu</rt></ruby><ruby>起<rt>qǐ</rt></ruby><ruby>禮<rt>lǐ</rt></ruby><ruby>物<rt>wù</rt></ruby>，<ruby>轉<rt>zhuǎn</rt></ruby><ruby>身<rt>shēn</rt></ruby><ruby>跑<rt>pǎo</rt></ruby><ruby>掉<rt>diào</rt></ruby><ruby>了<rt>le</rt></ruby>。

從此以後，老爺爺再也沒有見到過那些小人。他一想起那天的事就後悔，晚上連覺也睡不着。

老爺爺只怪自己當初突然看見那麼多小人，驚得呆住了。不僅沒有收下禮物，也沒有來得及打聽他們是些甚麼人，從哪裏來，又要到哪裏去。

嶗山道士

從前，有個富家子弟，名叫王七。

他聽說嶗山有個道士的法術很高，就跑到山上向道士拜師學藝。

道士對王七說：「學我們道家的法術是很辛苦的，你從小嬌生慣養，我怕你吃不了這份苦。」

王七說：「為了學法術，我不怕吃苦。」

dào shi tīng dào wáng qī zhè me shuō jiù shōu tā zuò
道士聽到王七這麼說，就收他做
le tú dì
了徒弟。

kě shì dào shi bìng bù jiāo wáng qī fǎ shù ér shì
可是道士並不教王七法術，而是
ràng tā měi tiān kǎn chái tiāo shuǐ zuò yì xiē cū huór
讓他每天砍柴、挑水，做一些粗活兒。

zhǎ yǎn zhī jiān yí gè yuè guò qù le wáng
眨眼之間，一個月過去了，王
qī de shǒu jiǎo hé jiān bǎng mó chū le hòu hòu de lǎo jiǎn
七的手腳和肩膀磨出了厚厚的老繭。

wáng qī shí zài yǒu xiē chī bu xiāo le biàn bù xiǎng
王七實在有些吃不消了，便不想
xué fǎ shù le tā shōu shi dōng xi dǎ suàn huí jiā qù
學法術了。他收拾東西，打算回家去。

這天晚上，王七看到道士和兩個客人在一起喝酒。天空中沒有月亮，屋子裏有些暗。

道士就用紙剪了個月亮貼在牆上，頓時，皎潔的月光把整個房間都照亮了。王七在窗外看到這情景，驚呆了。

一個客人說：「月光這麼好，讓徒弟們也一起來享受美酒吧！」徒弟們聽了很高興，都圍了過來。客人拿出一小壺酒，讓徒弟們開懷暢飲。

王七想：「我們人這麼多，這麼小一壺酒一定不夠喝的。」可是，酒倒了一輪又一輪，大家喝了一杯又一杯，酒壺裏的酒一點兒也不見少。

hē le yí huìr jiǔ　kè rén yòu tí yì　qǐng cháng é lái gěi wǒ men chàng gē tiào wǔ ba　dào shi shuō
喝了一會兒酒，客人又提議：「請嫦娥來給我們唱歌跳舞吧！」道士說：
hǎo a
「好啊！」

dào shi suí shǒu ná qǐ yì gēn kuài zi cháo qiáng shang de yuè liang rēng guò qu　zhǐ jiàn yuè liang li lì jí piāo chū lai yí
道士隨手拿起一根筷子朝牆上的月亮扔過去，只見月亮裏立即飄出來一
gè měi nǚ　gāng kāi shǐ bú guò yì chǐ gāo　piāo dào dì shang jiù biàn de xiàng zhèng cháng rén yí yàng gāo le
個美女，剛開始不過一尺高，飄到地上就變得像正常人一樣高了。

^{měi nǚ chuān zhe měi lì de shā qún chàng zhe měi miào}
美女穿着美麗的紗裙，唱着美妙
^{de gē qǔ piān piān qǐ wǔ}
的歌曲，翩翩起舞。

^{yì qǔ gē wǔ wán bì měi nǚ fēi dào zhuō zi}
一曲歌舞完畢，美女飛到桌子
^{shang zhǎ yǎn zhī jiān yòu biàn chéng le yì gēn kuài zi}
上，眨眼之間又變成了一根筷子。

^{dào shi hé liǎng gè kè rén hē jiǔ huá quán yǒu shuō yǒu xiào yuè hē yuè gāo xìng màn màn de tā men sān gè yě}
道士和兩個客人喝酒劃拳，有說有笑，越喝越高興。慢慢地，他們三個也
^{fēi le qǐ lái gān cuì lí kāi zhuō zi fēi dào yuè liang li hē jiǔ qù le}
飛了起來，乾脆離開桌子，飛到月亮裏喝酒去了。

yǎn qián fā shēng de zhè yí qiè　wáng qī kàn de mù
眼前發生的這一切，王七看得目
dèng kǒu dāi
瞪口呆。

bù zhī guò le duō jiǔ　fáng jiān li jiàn jiàn àn le
不知過了多久，房間裏漸漸暗了
xià lái　yí gè tú dì diǎn rán le là zhú
下來。一個徒弟點燃了蠟燭。

tā men fā xiàn nà liǎng gè kè rén yǐ jīng bú jiàn le　zhǐ yǒu dào shi yí gè rén zuò zài zhuō zi páng biān dǎ kē shuì
他們發現那兩個客人已經不見了，只有道士一個人坐在桌子旁邊打瞌睡。
qiáng shang yě bìng méi yǒu shén me yuè liang　zhǐ bú guò tiē zhe yì zhāng yuán xíng de zhǐ ér yǐ
牆上也並沒有甚麼月亮，只不過貼着一張圓形的紙而已。

王七羨慕極了，便打消了回家的念頭，決心繼續留下來跟道士學法術。又過了一段時間，王七實在耐不住辛苦了，就去向道士告別。道士笑着說：「我早就說過你吃不了這個苦吧？好吧，你既然想回家，那明天就下山吧！」

可是王七已經跟別人誇下了海口，說自己一定能學成法術的。

如今一點兒本事也沒有學會，哪裏有臉面回去呢？

王七對道士說：「師父，看在我這幾個月做苦力的份上，好歹也教我點兒法術吧！」道士問他：「那你想學甚麼法術呢？」

王七說：「弟子看到師父平時走路的時候，遇到牆壁從來不用繞着走，總是穿牆而過，您就教我穿牆術吧！」

道士答應了，教給王七一句口訣，然後說：「你一邊唸着口訣，一邊快步穿過牆去！」

wáng qī yǒu diǎnr hài pà màn màn de cèng dào qiáng biān tóu pèng dào le qiáng què jìn bu qù dào shi shuō
王七有點兒害怕，慢慢地蹭到牆邊，頭碰到了牆，卻進不去。道士說：
nǐ bú yào hài pà dī xià tóu xùn sù zǒu jìn qu qiān wàn bié yóu yù
「你不要害怕，低下頭迅速走進去，千萬別猶豫！」

wáng qī tīng le dào shi de huà tuì hòu jǐ bù
王七聽了道士的話，退後幾步，
niàn zhe kǒu jué bì shàng yǎn jing xiàng qián chōng guò qu
唸着口訣，閉上眼睛向前衝過去。

tā zhēng kāi yǎn jing yí kàn zì jǐ yǐ jīng chuān
他睜開眼睛一看，自己已經穿
qiáng ér guò dào le qiáng de lìng yí miàn le
牆而過，到了牆的另一面了！

王七高興極了，急忙拜謝道士，迫不及待地回家去。

道士囑咐王七：「回去後千萬不要賣弄法術，否則，法術就不靈了！」

王七雖然表面上滿口答應，但心裏恨不得讓全世界的人都知道他學會了穿牆術。王七興沖沖地往家裏跑，他的妻子看見他回來了，出門來迎接他。

wáng qī yí kàn dào qī zi　　jiù xīng fèn de shuō　　wǒ xué huì le shén xiān de fǎ shù　　néng gòu chuān qiáng ér guò
王七一看到妻子，就興奮地說：「我學會了神仙的法術，能夠穿牆而過！」
tā de qī zi bù xiāng xìn
他的妻子不相信。

wáng qī shuō　　nǐ bú xìn　　wǒ biǎo yǎn gěi nǐ kàn　　tā yì biān niàn zhe kǒu jué　　yì biān cháo zì jǐ jiā de
王七說：「你不信？我表演給你看！」他一邊唸着口訣，一邊朝自己家的
yuàn qiáng chōng guò qu
院牆衝過去。

只聽「咣噹——」一聲，王七一頭撞在牆上，撞得他眼冒金星，額頭上腫了個雞蛋大的包！

王七一屁股跌坐在地上，摸着腦袋上的大包，「哎喲哎喲」叫個不停。

他的妻子見了，哭笑不得。王七又羞又氣，大罵嶗山道士沒良心，是騙子，沒有把真正的法術教給他。

種梨

zài rè nao de jí shì shang　yǒu yí gè xiǎo fàn tuī zhe
在熱鬧的集市上，有一個小販推着
mǎn mǎn yì chē lí zài jiào mài
滿滿一車梨在叫賣。

xǔ duō rén wéi guò lái mǎi lí　kě shì yì dǎ
許多人圍過來買梨，可是一打
tīng jià qián　yòu dōu yáo yao tóu zǒu kāi le
聽價錢，又都搖搖頭走開了。

yuán lái　xiǎo fàn de lí mài de hěn guì　hái bù zhǔn rén jiā huán jià　yí gè chuān zhe pò yī làn shān de dào shi
原來，小販的梨賣得很貴，還不准人家還價。一個穿着破衣爛衫的道士
zǒu guò lái　duì xiǎo fàn shuō　qǐng nín xíng xing hǎo　gěi wǒ gè lí jiě jiě kě ba
走過來，對小販說：「請您行行好，給我個梨解解渴吧！」

小販不耐煩地說：「快滾開，沒有錢就別想吃我的梨！」

道士說：「你這滿滿一車梨有好幾百個，給我一個吧！」

小販生氣了：「我的梨從來不給叫花子吃！快滾開！」

旁邊的人看不下去了，說：「瞧他多可憐，就給他一個梨吧！」

xiǎo fàn hái shi jiān jué bù gěi　yǒu yí gè shàn liáng de rén shí zài kàn bu xià qù le　jiù tāo chū yí gè tóng qián
小販還是堅決不給。有一個善良的人實在看不下去了，就掏出一個銅錢，
mǎi le yí gè lí
買了一個梨。

nà rén bǎ lí sòng gěi dào shi　duì dào shi shuō
那人把梨送給道士，對道士說：
nǐ yí dìng shì kě huài le　chī ba
「你一定是渴壞了，吃吧！」

dào shi chī wán le lí　bǎ lí hé jǔ qǐ lái
道士吃完了梨，把梨核舉起來，
shuō　wǒ yào yòng tā zhòng chū lí lái qǐng dà jiā chī
說：「我要用它種出梨來請大家吃！」

27

dà jiā tīng le quán dōu hā hā dà xiào yǐ
大家聽了全都「哈哈」大笑，以
wéi dào shi shuō de shì fēng huà
為道士說的是瘋話。

dào shi yě bù fēn biàn ná chū tiě chǎn zài dì
道士也不分辯，拿出鐵鏟，在地
shang wā le gè xiǎo kēng bǎ lí hé zhòng jìn qù
上挖了個小坑，把梨核種進去。

tā wèn shéi néng gěi wǒ ná hú shuǐ lái páng biān wéi le bù shǎo kàn rè nao de xiǎo hái zi yí gè xiǎo hái
他問：「誰能給我拿壺水來？」旁邊圍了不少看熱鬧的小孩子，一個小孩
zi dēng dēng dēng pǎo qù qù shuǐ bù yí huìr jiù līn zhe yì hú shuǐ pǎo huí lái le
子「噔噔噔」跑去取水，不一會兒就拎着一壺水跑回來了。

shéi zhī dào zhè ge xiǎo hái zi ná lái de jìng rán shì
誰知道這個小孩子拿來的竟然是
yì hú rè shuǐ
一壺熱水！

dào shi shuō　　　　　méi guān xi　　wǒ zhòng lí shù
道士說：「沒關係，我種梨樹
ma　 rè shuǐ　　lěng shuǐ dōu xíng
嘛，熱水、冷水都行！」

shuō zhe　　　　dào shi jiù bǎ zhěng hú rè shuǐ dào zài nà
說着，道士就把整壺熱水倒在那
ge xiǎo kēng li
個小坑裏。

dà jiā yǎn jiàn zhe yì kē xiǎo shù miáo cóng mào zhe rè
大家眼見着一棵小樹苗從冒着熱
qì de tǔ li zuān le chū lái
氣的土裏鑽了出來。

xiǎo shù miáo yuè zhǎng yuè dà　　zhǎ yǎn jiān zhǎng chéng
小樹苗越長越大，眨眼間長成
le yì kē zhī fán yè mào de dà lí shù
了一棵枝繁葉茂的大梨樹。

wēi fēng chuī guò　　huā bàn xiàng xuě piàn yí yàng fēn fēn
微風吹過，花瓣像雪片一樣紛紛
piāo luò　　huáng dēng dēng de dà yā lí guà mǎn zhī tóu　ràng
飄落，黃澄澄的大鴨梨掛滿枝頭，讓
rén kàn le rěn bu zhù yào liú kǒu shuǐ
人看了忍不住要流口水。

yí huìr gōng fu　　　lí shù shang jié bái de huā duǒ
一會兒工夫，梨樹上潔白的花朵
jìng xiāng kāi fàng　　mì fēng　　hú dié wéi zhe mǎn shù lí huā
競相開放，蜜蜂、蝴蝶圍着滿樹梨花
piān piān qǐ wǔ
翩翩起舞。

dào shi bǎ lí yí gè gè zhāi xià lái　　fēn gěi dà
道士把梨一個個摘下來，分給大
jiā pǐn cháng
家品嚐。

沒多久，樹上的梨摘光了。道士再一次拿出隨身背着的小鐵鏟，「叮叮噹噹」開始砍樹，費了很大的勁兒才把那棵梨樹砍斷。

道士扛着砍斷的梨樹，大搖大擺地走了。

賣梨的小販一直站在人羣外面看熱鬧。

聊齋故事

xiǎo fàn kàn dào dào shi bǎ dà yā lí bái bái fēn gěi dà jiā chī xīn xiǎng zhè ge dào shi duō shǎ a mǎn mǎn
小販看到道士把大鴨梨白白分給大家吃，心想：「這個道士多傻啊！滿滿
yí shù lí dèi zhí duō shao qián a tā jū rán bái bái fēn gěi bié rén chī nán guài tā huì nà me qióng zhǐ néng dāng jiào
一樹梨得值多少錢啊！他居然白白分給別人吃，難怪他會那麼窮，只能當叫
huā zi
花子！」

děng dào dào shi zǒu yuǎn le wéi guān de rén men yě lù xù sàn kāi le xiǎo fàn cái xiǎng qǐ zì jǐ de nà yì chē lí
等到道士走遠了，圍觀的人們也陸續散開了，小販才想起自己的那一車梨
cái zhǐ mài chū le yí gè ne
才只賣出了一個呢！

32

kě shì　dāng xiǎo fàn huí tóu wǎng chē zi shang kàn shí　dùn shí shǎ le yǎn　chē zi shang de lí yí gè yě méi yǒu
可是，當小販回頭往車子上看時，頓時傻了眼。車子上的梨一個也沒有
le　chē bǎ shou hái duàn le yì jiér
了！車把手還斷了一截兒！

xiǎo fàn zhè cái huǎng rán dà wù　nán guài gāng cái dào shi nà me dà fang ne　yuán lái tā qǐng dà jiā chī de dōu shì
小販這才恍然大悟：「難怪剛才道士那麼大方呢，原來他請大家吃的都是
wǒ de lí
我的梨！」

xiǎo fàn qì huài le jí máng qù zhuī nà ge dào shi xiǎng ràng tā péi lí xiǎo fàn zhuǎn guò yí gè qiáng jiǎo dào
小販氣壞了，急忙去追那個道士，想讓他賠梨。小販轉過一個牆角，道
shi tū rán bú jiàn le
士突然不見了。

dì shang yǒu yì jiér chē bǎ xiǎo fàn jiǎn qǐ
地上有一截兒車把，小販撿起
lái yí kàn yuán lái jiù shì gāng cái kǎn duàn de lí shù
來一看，原來就是剛才砍斷的梨樹！

xiǎo fàn zhǎo biàn le dà jiē xiǎo xiàng zěn me yě zhǎo
小販找遍了大街小巷，怎麼也找
bu dào nà ge dào shi zhǐ hǎo tuī zhe nà liàng duàn le bǎ
不到那個道士，只好推着那輛斷了把
shou de kōng chē chuí tóu sàng qì de huí jiā qù le
手的空車，垂頭喪氣地回家去了。

八哥

cóng qián yǒu gè rén yǎng le yì zhī cōng míng jué jué de
從前，有個人養了一隻聰明絕頂的
bā ge
八哥。

zhǔ rén bǎ bā ge dàng bǎo bèi měi cì chū mén
主人把八哥當寶貝，每次出門
dōu bǎ tā dài zài shēn biān cùn bù bù lí
都把牠帶在身邊，寸步不離。

yǒu yí cì zhǔ rén dài zhe bā ge dào wài miàn lǚ xíng zǒu dào bàn lù shang zhǔ rén shēn shang yì fēn qián yě méi
有一次，主人帶着八哥到外面旅行。走到半路上，主人身上一分錢也沒
yǒu le hěn shì fā chóu
有了，很是發愁。

但八哥安慰主人說：「別擔心，我有辦法。你只要把我送到有錢人的家裏去，肯定能賣個好價錢。」

主人說：「你是我的命根子！我哪怕是餓死了，也絕對不會把你賣掉的！」

八哥說：「不要緊。你拿了錢之後趕快走，到城西二十里外的樹林裏等我就行了，我會來找你的。」主人實在是走投無路了，只好依了八哥的主意。

一個王爺聽說集市上有一隻絕頂聰明的八哥，就派人把這個人帶到家裏來。

王爺問他：「你的八哥賣不賣呀？」這個人就按照八哥的吩咐，裝出一副為難的樣子。

他說：「小人和這隻八哥相依為命，實在不願意把牠賣了。不過既然王爺想要這隻八哥，小人也不敢違抗王爺的命令。只是還得問問我的八哥，看牠自己願不願意。」

王爺問八哥：「你願意待在我家裏嗎？」八哥連聲說：「我願意！」

wáng ye lè huài le　　bā ge yòu shuō　　jiù gěi
王爺樂壞了。八哥又說：「就給
tā shí liǎng jīn zi　duō le bú yào gěi　　zhè xià
他十兩金子，多了不要給！」這下，
wáng ye gèng lè le　　mǎ shàng fēn fù rén ná chū shí liǎng jīn
王爺更樂了，馬上吩咐人拿出十兩金
zi lái
子來。

bā ge de zhǔ rén gù yì zhuāng chū yí fù hòu huǐ
八哥的主人故意裝出一副後悔
de yàng zi　　ná zhe jīn zi jí bù qíng yuàn de zǒu le
的樣子，拿着金子極不情願地走了。

wáng ye bǎ bā ge fàng jìn jīn zi zuò de lóng zi
王爺把八哥放進金子做的籠子
lǐ hé tā liáo qǐ lái
裏，和牠聊起來。

bù guǎn wáng ye shuō shén me bā ge dōu néng duì dá
不管王爺說甚麼，八哥都能對答
rú liú
如流。

wáng ye cóng méi jiàn guò zhè me cōng míng de bā ge lì jí jiāng bā ge shì ruò zhēn bǎo bā ge shuō wǒ yào chī
王爺從沒見過這麼聰明的八哥，立即將八哥視若珍寶。八哥說：「我要吃
ròu wáng ye lì jí jiào rén sòng lái měi wèi de ròu shí
肉！」王爺立即叫人送來美味的肉食。

bā ge chī bǎo le yòu duì wáng ye shuō wǒ yào xǐ zǎo wáng ye lì jí mìng lìng pú rén qǔ lái jīn pén
八哥吃飽了，又對王爺說：「我要洗澡！」王爺立即命令僕人取來金盆，
zhuāng shàng wēn rè de quán shuǐ
裝 上溫熱的泉水。

僕人打開金鳥籠，放八哥出來洗澡。

八哥洗完澡，飛到屋簷上晾曬羽毛，還「唧唧喳喳」地跟王爺說話。

不一會兒，八哥的羽毛乾了，牠對王爺說：「謝謝王爺！我得走了！」說完，拍打着翅膀飛上天空，轉眼間就不見了蹤影。

wáng yé mù dèng kǒu dāi　　hǎo bàn tiān cái míng bai zì jǐ shàng le dàng　　lián máng pài rén qù zhuī
王爺目瞪口呆，好半天才明白自己上了當，連忙派人去追。

kě shì　　tā men nǎ lǐ zhuī de shàng ne　　cōng míng de bā ge hé tā de zhǔ rén zǎo jiù yuǎn zǒu gāo fēi le
可是，他們哪裏追得上呢？聰明的八哥和牠的主人早就遠走高飛了！

蛇人

從前有個耍蛇人，馴養了兩條青色的蛇。大點兒的一條叫大青，小一點兒那條叫二青。

二青的額頭上有一個紅點，特別聰明，會隨着音樂跳舞，表演各種節目。耍蛇人特別喜歡二青。

一年後，大青死了，只剩下二青。耍蛇人覺得二青太孤單，想給牠找條蛇做伴。

可是找來找去，耍蛇人也沒有找到一條合適的。

耍蛇人帶着二青，每天走村串巷地賣藝，天黑了就在外面借宿，有時候借住在別人家裏，有時候就借住在寺廟裏。

一天夜裏，耍蛇人帶着二青借宿在深山中的一座寺廟裏。

天亮以後，耍蛇人發現二青不見了，到處尋找也沒有找到。

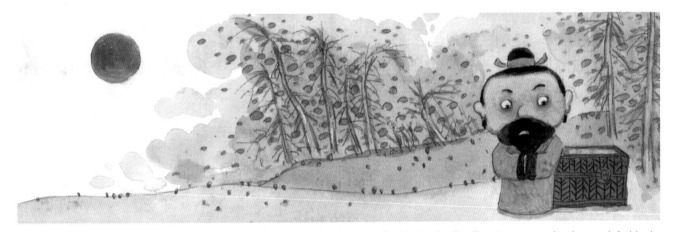

shuǎ shé rén xiǎng 　　èr qīng dà gài shì chū qu wán le ba　wǒ nài xīn de děng děng tā　rán ér　shuǎ shé rén
　　耍蛇人想：「二青大概是出去玩了吧，我耐心地等等牠！」然而，耍蛇人
cóng qīng zǎo děng qǐ　yì zhí děng dào zhōng wǔ yě méi yǒu kàn jiàn èr qīng huí lai
從清早等起，一直等到中午也沒有看見二青回來。

shuǎ shé rén jué wàng le　jiù shāng xīn de tiāo qǐ dàn zi　dú zì lí kāi　zǒu chū qù méi duō yuǎn　shuǎ shé rén
　　耍蛇人絕望了，就傷心地挑起擔子，獨自離開。走出去沒多遠，耍蛇人
hū rán tīng dào lù biān de cǎo cóng li yǒu　xī xī sū sū　de shēng yīn
忽然聽到路邊的草叢裏有「窸窸窣窣」的聲音。

耍蛇人低頭一看，是二青追上來了。耍蛇人高興極了，對二青說：「我還以為你跑掉了呢！你可回來了！」

二青對着耍蛇人昂起頭，又轉過頭朝身後看一看，好像要告訴耍蛇人牠身後有甚麼東西。

耍蛇人順着二青的身子看過去，看見一條青色的小蛇跟在二青的後面。

shuǎ shé rén gèng gāo xìng le　　yuán lái nǐ qù zhǎo huǒ bàn le a　　nán guài qù le zhè me jiǔ ne　zhè xià hǎo
　　耍蛇人更高興了：「原來你去找夥伴了啊，難怪去了這麼久呢！這下好
le　wǒ bú yòng dān xīn nǐ gū dān le
了，我不用擔心你孤單了！」

shuǎ shé rén ná chū shí wù lái wèi èr qīng hé xiǎo shé　　dàn nà tiáo xiǎo shé qiè shēng shēng de　　bù gǎn shàng qián lái chī
　　耍蛇人拿出食物來餵二青和小蛇。但那條小蛇怯生生的，不敢上前來吃
dōng xi
東西。

49

èr qīng jiù zuǐ li hán zhe shí wù pá dào xiǎo shé miàn
二青就嘴裏含着食物爬到小蛇面
qián wèi gěi xiǎo shé chī
前，餵給小蛇吃。

màn màn de xiǎo shé de dǎn zi dà le xiē shuǎ
慢慢地，小蛇的膽子大了些，耍
shé rén wèi gěi tā shí wù tā yě gǎn chī le
蛇人餵給牠食物，牠也敢吃了。

děng liǎng tiáo shé chī bǎo hòu tā men jiù yì qián yí
等兩條蛇吃飽後，牠們就一前一
hòu pá jìn shuǎ shé rén de xiāng zi li
後爬進耍蛇人的箱子裏。

shuǎ shé rén tiāo qǐ xiāng zi yòu jì xù zǒu cūn chuàn
耍蛇人挑起箱子，又繼續走村串
xiàng jìn xíng biǎo yǎn
巷進行表演。

<ruby>小<rt>xiǎo</rt></ruby><ruby>蛇<rt>shé</rt></ruby><ruby>跟<rt>gēn</rt></ruby><ruby>二<rt>èr</rt></ruby><ruby>青<rt>qīng</rt></ruby><ruby>一<rt>yí</rt></ruby><ruby>樣<rt>yàng</rt></ruby><ruby>聰<rt>cōng</rt></ruby><ruby>明<rt>míng</rt></ruby>，<ruby>能<rt>néng</rt></ruby><ruby>夠<rt>gòu</rt></ruby><ruby>聽<rt>tīng</rt></ruby><ruby>懂<rt>dǒng</rt></ruby><ruby>耍<rt>shuǎ</rt></ruby><ruby>蛇<rt>shé</rt></ruby><ruby>人<rt>rén</rt></ruby><ruby>的<rt>de</rt></ruby><ruby>指<rt>zhǐ</rt></ruby><ruby>令<rt>lìng</rt></ruby>，<ruby>能<rt>néng</rt></ruby><ruby>表<rt>biǎo</rt></ruby><ruby>演<rt>yǎn</rt></ruby><ruby>很<rt>hěn</rt></ruby><ruby>多<rt>duō</rt></ruby><ruby>節<rt>jié</rt></ruby><ruby>目<rt>mù</rt></ruby>。<ruby>耍<rt>shuǎ</rt></ruby><ruby>蛇<rt>shé</rt></ruby><ruby>人<rt>rén</rt></ruby>

小蛇跟二青一樣聰明，能夠聽懂耍蛇人的指令，能表演很多節目。耍蛇人很喜歡小蛇，親切地叫牠小青。

通常耍蛇人用來表演的蛇不能超過二尺長，因為蛇太大，表演起來就顯得笨重了。但二青雖然超過二尺了，耍蛇人還是捨不得放牠走。

yòu guò le liǎng sān nián èr qīng zhǎng de sān chǐ duō cháng le
又過了兩、三年，二青長得三尺多長了，shuǎ shé rén de xiāng zi dōu kuài yào zhuāng bu xià tā耍蛇人的箱子都快要裝不下牠
le shuǎ shé rén cái xià jué xīn fàng zǒu èr qīng
了，耍蛇人才下決心放走二青。

zhè tiān shuǎ shé rén dài zhe èr qīng lái dào dōng
這天，耍蛇人帶着二青來到東
shān bǎ èr qīng wèi bǎo hòu ràng tā huí shān lín li qù
山，把二青餵飽後，讓牠回山林裏去。

èr qīng míng bai shuǎ shé rén de yì si dàn tā pá
二青明白耍蛇人的意思，但牠爬
chū qu hòu yòu pá huí lai wéi zhe xiāng zi pái huái
出去後，又爬回來，圍着箱子徘徊。

<ruby>耍<rt>shuǎ</rt></ruby><ruby>蛇<rt>shé</rt></ruby><ruby>人<rt>rén</rt></ruby><ruby>對<rt>duì</rt></ruby><ruby>牠<rt>tā</rt></ruby><ruby>說<rt>shuō</rt></ruby>：「<ruby>我<rt>wǒ</rt></ruby><ruby>知<rt>zhī</rt></ruby><ruby>道<rt>dào</rt></ruby><ruby>你<rt>nǐ</rt></ruby><ruby>捨<rt>shě</rt></ruby><ruby>不<rt>bu</rt></ruby><ruby>得<rt>de</rt></ruby><ruby>走<rt>zǒu</rt></ruby>，<ruby>可<rt>kě</rt></ruby><ruby>是<rt>shì</rt></ruby><ruby>天<rt>tiān</rt></ruby><ruby>下<rt>xià</rt></ruby><ruby>沒<rt>méi</rt></ruby><ruby>有<rt>yǒu</rt></ruby><ruby>不<rt>bú</rt></ruby><ruby>散<rt>sàn</rt></ruby><ruby>的<rt>de</rt></ruby><ruby>筵<rt>yán</rt></ruby><ruby>席<rt>xí</rt></ruby>，<ruby>你<rt>nǐ</rt></ruby><ruby>在<rt>zài</rt></ruby><ruby>深<rt>shēn</rt></ruby><ruby>山<rt>shān</rt></ruby><ruby>裏<rt>li</rt></ruby><ruby>好<rt>hǎo</rt></ruby><ruby>好<rt>hāor</rt></ruby><ruby>兒<rt></rt></ruby><ruby>修<rt>xiū</rt></ruby><ruby>煉<rt>liàn</rt></ruby><ruby>吧<rt>ba</rt></ruby>！<ruby>說<rt>shuō</rt></ruby><ruby>不<rt>bú</rt></ruby><ruby>定<rt>dìng</rt></ruby><ruby>你<rt>nǐ</rt></ruby><ruby>將<rt>jiāng</rt></ruby><ruby>來<rt>lái</rt></ruby><ruby>還<rt>hái</rt></ruby><ruby>會<rt>huì</rt></ruby><ruby>變<rt>biàn</rt></ruby><ruby>成<rt>chéng</rt></ruby><ruby>一<rt>yì</rt></ruby><ruby>條<rt>tiáo</rt></ruby><ruby>龍<rt>lóng</rt></ruby><ruby>呢<rt>ne</rt></ruby>！」

<ruby>可<rt>kě</rt></ruby><ruby>是<rt>shì</rt></ruby>，<ruby>無<rt>wú</rt></ruby><ruby>論<rt>lùn</rt></ruby><ruby>耍<rt>shuǎ</rt></ruby><ruby>蛇<rt>shé</rt></ruby><ruby>人<rt>rén</rt></ruby><ruby>怎<rt>zěn</rt></ruby><ruby>麼<rt>me</rt></ruby><ruby>趕<rt>gǎn</rt></ruby>，<ruby>二<rt>èr</rt></ruby><ruby>青<rt>qīng</rt></ruby><ruby>就<rt>jiù</rt></ruby><ruby>是<rt>shì</rt></ruby><ruby>不<rt>bù</rt></ruby><ruby>肯<rt>kěn</rt></ruby><ruby>走<rt>zǒu</rt></ruby>，<ruby>還<rt>hái</rt></ruby><ruby>昂<rt>áng</rt></ruby><ruby>起<rt>qǐ</rt></ruby><ruby>頭<rt>tóu</rt></ruby>，<ruby>不<rt>bù</rt></ruby><ruby>停<rt>tíng</rt></ruby><ruby>地<rt>de</rt></ruby><ruby>碰<rt>pèng</rt></ruby><ruby>着<rt>zhe</rt></ruby><ruby>箱<rt>xiāng</rt></ruby><ruby>子<rt>zi</rt></ruby>。<ruby>關<rt>guān</rt></ruby><ruby>在<rt>zài</rt></ruby><ruby>箱<rt>xiāng</rt></ruby><ruby>子<rt>zi</rt></ruby><ruby>裏<rt>li</rt></ruby><ruby>的<rt>de</rt></ruby><ruby>小<rt>xiǎo</rt></ruby><ruby>青<rt>qīng</rt></ruby><ruby>也<rt>yě</rt></ruby><ruby>不<rt>bù</rt></ruby><ruby>停<rt>tíng</rt></ruby><ruby>地<rt>de</rt></ruby><ruby>動<rt>dòng</rt></ruby><ruby>來<rt>lái</rt></ruby><ruby>動<rt>dòng</rt></ruby><ruby>去<rt>qù</rt></ruby>，<ruby>顯<rt>xiǎn</rt></ruby><ruby>得<rt>de</rt></ruby><ruby>很<rt>hěn</rt></ruby><ruby>不<rt>bù</rt></ruby><ruby>安<rt>ān</rt></ruby><ruby>分<rt>fèn</rt></ruby>。

耍蛇人一下子明白了：「哦，我知道了，你是想和小青告別吧？」耍蛇人立即把箱子打開，把小青放出來。

兩條蛇在草地上頭碰着頭，還不時吐出舌芯子碰碰對方，就像最親密的朋友擁抱告別一樣依依不捨。

過了一會兒，二青頭也不回地爬走了。小青跟在牠的後面，也爬進了草叢中。

shuǎ shé rén yǐ wéi xiǎo qīng gēn zhe èr qīng zǒu le　zài yě bú huì huí lai le　tā dāi dāi de zhàn le yí huìr
耍蛇人以為小青跟着二青走了，再也不會回來了。他呆呆地站了一會兒，
tiāo qǐ dàn zi　zhǔn bèi lí kāi
挑起擔子，準備離開。

méi xiǎng dào xiǎo qīng què huí lai le　màn màn de zuān jìn xiāng zi　yí dòng yě bú dòng　shuǎ shé rén yì zhí xiǎng zài zhǎo
沒想到小青卻回來了，慢慢地鑽進箱子，一動也不動。耍蛇人一直想再找
tiáo shé gěi xiǎo qīng zuò bàn　kě zǒng yě zhǎo bu dào hé yì de
條蛇給小青做伴，可總也找不到合意的。

hòu lái xiǎo qīng yě zhǎng dà le　　yě kuài yào bú zài
後來小青也長大了，也快要不再
shì hé biǎo yǎn le
適合表演了。

zài shuō èr qīng zài dōng shān shang shēng huó　　kǎn chái de
再說二青在東山上生活，砍柴的
rén jīng cháng néng kàn dào tā
人經常能看到牠。

yòu guò le jǐ nián　　èr qīng zhǎng de yǒu wǎn kǒu cū le　　kāi shǐ gōng jī guò wǎng de xíng rén　　yī chuán shí　　shí
又過了幾年，二青長得有碗口粗了，開始攻擊過往的行人。一傳十，十
chuán bǎi　　jiàn jiàn de dà jiā dōu zhī dào dōng shān shang yǒu yì tiáo kě pà de dà shé　　xíng rén jīng guò zhèr　　dōu rào dào zǒu
傳百，漸漸地大家都知道東山上有一條可怕的大蛇，行人經過這兒都繞道走。

yǒu yì tiān　　shuǎ shé rén jīng guò dōng shān　　hū rán jiān fēi shā zǒu shí　　fēng shēng dà zuò　　　　yì tiáo jù shé cóng shù

　　有一天，耍蛇人經過東山，忽然間飛沙走石，風聲大作，一條巨蛇從樹

lín zhōng chōng chū lái　　shuǎ shé rén xià huài le　　bá tuǐ jiù pǎo　　jù shé zài hòu miàn jǐn zhuī bù shě

林中衝出來。耍蛇人嚇壞了，拔腿就跑。巨蛇在後面緊追不捨。

yǎn kàn jiù yào bèi jù shé zhuī shàng le　　shuǎ shé rén yì huí tóu　　měng rán kàn dào jù shé de é tóu shang yǒu gè hóng

　　眼看就要被巨蛇追上了，耍蛇人一回頭，猛然看到巨蛇的額頭上有個紅

diǎn　　zhī dào tā jiù shì èr qīng　　shuǎ shé rén gāo xìng jí le　　lián máng fàng xià dàn zi　　hǎn dào　　èr qīng　　èr qīng

點，知道牠就是二青。耍蛇人高興極了，連忙放下擔子，喊道：「二青，二青！」

57

巨蛇聽到耍蛇人的呼喚，停止了追擊。牠抬起頭，看了耍蛇人一會兒，然後撲向耍蛇人，用身體把耍蛇人環繞起來，就像以前進行表演的時候一樣。

「下來，二青，快下來！」耍蛇人拍拍二青的身子。二青便乖乖地放開耍蛇人，滑到地上。耍蛇人打開箱子，放小青出來。兩條蛇見了面，親熱地纏繞在一起。

耍蛇人對小青說：「我早就想放了你，可是又怕你孤單，現在好了，你就留下來，跟二青在一起吧！」

耍蛇人又對二青說：「是你把小青帶來的，現在你把牠帶走吧！山裏有的是食物，你們就安安靜靜地待在山裏，不要出來攻擊過路的行人，好不好？如果你們不安分，老是騷擾人類，老天會懲罰你們的！」

耍蛇人說話的時候，兩條蛇都低着頭，安靜地待在耍蛇人面前，就像小孩子聆聽長輩的教訓一樣。

等耍蛇人把話說完，兩條蛇朝他擺擺頭，一前一後向草叢中爬去。耍蛇人站在那兒目送着兩條蛇，一直到看不見牠們為止。從此以後，這個地方再也沒有巨蛇出沒，過往的行人也再沒有遭到過巨蛇的攻擊了。

蓮花公主

從前有一個書生名叫竇旭。有一天中午，他正在家裏睡午覺，迷迷糊糊時，似乎覺得有人站在他的床邊。

他睜開眼睛一看，發現床前確實站着一個穿藍色衣服的僕人。

那人對竇旭說：「我們君王想請你去一趟。」竇旭覺得奇怪，就問：「你們的君王是誰呀？住在哪裏？」

那人答道：「就在附近。」寶旭有些好奇，想探個究竟，便跟着那個僕人出了門。

轉過自己家的牆角，寶旭眼前突然出現了一座雄偉的宮殿，成千上萬間房子整齊地排列着。每一間房子都極為精巧，跟人世間的皇宮大院完全不同。

眾多宮人和宮女，來來往往，忙個不停。寶旭跟着那個僕人走進一個院門，兩位女官員走上前來，舉着兩面旗子，為寶旭引路。

寶旭跟着女官員又跨過兩道門，終於來到了大殿。大殿上果然坐着一位君王，穿着皇袍，戴着王冠，威風凜凜。

大殿上準備了一桌筵席，擺滿了山珍海味，漂亮的宮女侍立兩旁，手持酒壺，等着君王和竇旭入席。

君王請竇旭喝酒。宮女們彈起琵琶，吹起笛子，殿內響起了悅耳的音樂。君王對竇旭說：「你是讀書人，我們也不能只喝酒，不如來對對聯吧！我出上聯，你對下聯。我的上聯是『才人登桂府』。」

竇旭才思敏捷，很快就對出下聯：「君子愛蓮花。」

君王聽了非常高興：「奇怪啊！蓮花正是公主的小名，怎麼這麼巧合？快讓公主出來，拜見竇公子！」

過了一會兒，公主來了。公主的年紀大約十六、七歲，長得如花似玉、美豔無比。

竇旭立即愛上了公主，看得直發呆。

jūn wáng kàn chū le dòu xù de xīn si jiù shuō běn wáng jué dìng bǎ gōng zhǔ jià gěi dòu gōng zǐ xiǎng lái dòu gōng
　　君王看出了竇旭的心思，就說：「本王決定把公主嫁給竇公子，想來竇公
zǐ yīng gāi bú huì xián qì ba dòu xù tīng le gāo xìng de bù dé liǎo lì jí bài xiè jūn wáng
子應該不會嫌棄吧？」竇旭聽了，高興得不得了，立即拜謝君王。

jūn wáng fēn fù jǔ xíng hūn lǐ ràng dà chén men dōu lái dà diàn cān jiā yán xí péi tóng dòu gōng zǐ yǐn jiǔ qìng hè
　　君王吩咐舉行婚禮，讓大臣們都來大殿參加筵席，陪同竇公子飲酒慶賀。
yì shí zhī jiān gōng diàn li zhāng dēng jié cǎi yí pài xǐ qìng de jǐng xiàng jǐ shí míng gōng nǚ cù yōng zhe gōng zhǔ zǒu
一時之間，宮殿裏張燈結彩，一派喜慶的景象。幾十名宮女簇擁着公主，走
shàng dà diàn
上大殿。

gōng zhǔ tóu shang gài zhe hóng gài tou　　　mài zhe qīng yíng de bù zi　　　zǒu dào dòu xù miàn qián　　　zài dà jiā de huān xiào
公主頭上蓋着紅蓋頭，邁着輕盈的步子，走到寶旭面前。在大家的歡笑
shēng zhōng　　gōng zhǔ hé dòu xù jié bài chéng qīn　　　yì qǐ zǒu rù dòng fáng
聲中，公主和寶旭結拜成親，一起走入洞房。

zài dòng fáng li　　　dòu xù xiān qǐ gōng zhǔ de hóng gài tou　　　yǎn jing yì zhǎ bù zhǎ de dīng zhe gōng zhǔ　　　dòu xù duì gōng
在洞房裏，寶旭掀起公主的紅蓋頭，眼睛一眨不眨地盯着公主。寶旭對公
zhǔ shuō　　wǒ yào hǎo hāor de kàn kan nǐ　　　bǎ nǐ kàn de qīng qīng chǔ chǔ de　　　wǒ zhēn pà jīn tiān de qíng jǐng zhǐ shì
主說：「我要好好兒地看看你，把你看得清清楚楚的，我真怕今天的情景只是
yì chǎng mèng
一場夢！」

公主笑着說：「我不是好好兒的站在你面前嗎？這當然是真的，怎麼會是夢呢！」這時，一個宮女慌慌張張地跑進來。

宮女報告：「不好了，妖怪闖入宮門了！君王現在在偏殿裏躲避，我們只怕躲不過這場災難了！」

竇旭急忙跑到偏殿去見君王。

君王拉着寶旭的手，流着眼淚說：「我本想和你永遠相好。但沒料到禍從天降，國家將要滅亡了！」寶旭大吃一驚，急忙問：「究竟是怎麼回事呀？」

原來是來了一條千丈長的巨蟒，盤踞在宮門之外，已經吞食臣民一萬三千八百多人。巨蟒所到之處，房屋倒塌，宮殿變為廢墟。

jù mǎng de tóu xiàng shān yí yàng dà zhāng kāi zuǐ jiù néng jiāng fáng zi yì qí tūn xià shēn shen yāo jiù néng bǎ chéng qiáng
巨蟒的頭像山一樣大，張開嘴就能將房子一齊吞下，伸伸腰就能把城牆
yì qí tuī dǎo tài kě pà le
一齊推倒。太可怕了！

dòu xù zhī dào hòu yě xià de miàn sè rú tǔ zhè shí yòu yǒu yí gè gōng nǚ diē diē zhuàngzhuàng de pǎo jìn lái
竇旭知道後，也嚇得面色如土。這時，又有一個宮女跌跌撞撞地跑進來
bào gào yāo guài lái le
報告：「妖怪來了！」

70

頓時，四處響起哀號聲、求救聲，牆壁、樓閣倒塌的聲音不絕於耳。君王嚇得渾身發抖，望着寶旭，淚流滿面。

寶旭惦記着公主，急忙跑回房中。公主正和兩位宮女抱頭痛哭，看到寶旭回來了，拉着寶旭的手說：「公子，救救我！」

竇旭說：「我家貧寒，只有幾間草屋，要是公主不嫌棄，就暫且到我家的草屋裏去躲一躲吧！」

公主含着淚說：「危難時刻，哪裏能講究那麼多呢，請快帶我走吧！」竇旭扶着公主，帶着兩個宮女，不一會兒就跑出宮殿，跑回了自己的家。

公主看了看寶旭的家，覺得這裏很好、很安全，但依然放心不下父母和臣民，就提出：「請你另外為我們建一座房子，讓我的父母帶領臣民來居住吧！」

寶旭說：「我不過是個窮書生，哪裏有錢為你們修宮殿呢？」公主聽了，伏在床上號啕大哭，不管寶旭怎麼安慰，公主只是哭個不停。

竇旭萬分焦急，卻又想不出好辦法，急得不知如何是好。這一急，把竇旭急醒了。竇旭睜開眼睛一看，剛才不過是做了一個夢而已。

竇旭心想：「這真是個奇怪的夢！」忽然聽見房間裏有「嚶嚶嗡嗡」的聲音，他仔細一看，居然有三隻蜜蜂在他的枕頭上飛鳴。

zhè zhěn tou shang nǎ lái de mì fēng ne　　zhēn shi guài shì　　　dòu xù shuō zhe　　jiào rén lái bǎ mì fēng gǎn zǒu
「這枕頭上哪來的蜜蜂呢？真是怪事！」竇旭說着，叫人來把蜜蜂趕走。
kě shì nà sān zhī mì fēng jiù wéi zhe dòu xù fēi　　zěn me yě gǎn bu zǒu
可是那三隻蜜蜂就圍着竇旭飛，怎麼也趕不走。

dì èr tiān　　dòu xù qù jiàn péng you　　nà sān zhī mì fēng yě gēn zhe　　dòu xù jiù bǎ zhè sān zhī mì fēng de lái lì
第二天，竇旭去見朋友，那三隻蜜蜂也跟着。竇旭就把這三隻蜜蜂的來歷
hé zì jǐ de guài mèng jiǎng gěi péng you tīng　　péng you tīng le　　yě jué de qí guài
和自己的怪夢講給朋友聽。朋友聽了，也覺得奇怪。

péng you kàn dào zhè sān zhī mì fēng qīng yíng kě ài　jiù quàn bǎo xù wèi zhè sān zhī mì fēng jiàn gè fēng fáng　péng you
朋友看到這三隻蜜蜂輕盈可愛，就勸寶旭為這三隻蜜蜂建個蜂房。朋友
shuō　mì fēng huì niàng mì　nǐ wèi tā men jiàn gè fēng fáng　shuō bu dìng hái huì yǐn lái gèng duō de mì fēng ne
說：「蜜蜂會釀蜜，你為牠們建個蜂房，說不定還會引來更多的蜜蜂呢！」

dòu xù jué de péng you shuō de yǒu dào lǐ　jiù zài zì jǐ de yuàn zi li wèi zhè sān zhī mì fēng jiàn le yí gè fēng
寶旭覺得朋友說得有道理，就在自己的院子裏為這三隻蜜蜂建了一個蜂
fáng　fēng fáng hái méi yǒu jiàn hǎo　jiù jiàn dà qún dà qún de mì fēng cóng gé bì cài yuán li fēi guò lái　bù yí huìr
房。蜂房還沒有建好，就見大羣大羣的蜜蜂從隔壁菜園裏飛過來，不一會
jiù jù mǎn le fēng fáng
兒，就聚滿了蜂房。

隔壁的菜園是鄰居家的，鄰居是一位老頭兒。他的菜園裏有一窩蜜蜂，已經繁殖三十多年了。老頭兒特意為蜜蜂建了一個蜂房，每年都能割不少蜂蜜。

看到自己家菜園裏的蜜蜂都往竇旭家飛了，老頭兒覺得奇怪。

他拆開蜂房一看，裏面盤踞着一條一丈多長的大蛇！

竇旭明白了，原來夢裏的巨蟒就是這條大蛇！

而那座雄偉的宮殿就是這座蜂房，那個君王當然就是蜂王了！那個蓮花公主，就是蜜蜂公主！

從小讀經典 5

聊齋故事

［清］蒲松齡　著

圖 / 朱世芳
文 / 湯素蘭（改寫）

責任編輯：楊歌
裝幀設計：立青
排版：沈崇熙
印務：劉漢舉

出版 / 中華教育

香港北角英皇道 499 號北角工業大廈 1 樓 B
電話：（852）2137 2338
傳真：（852）2713 8202
電子郵件：info@chunghwabook.com.hk
網址：http://www.chunghwabook.com.hk

發行 / 香港聯合書刊物流有限公司

香港新界大埔汀麗路 36 號 中華商務印刷大廈 3 字樓
電話：（852）2150 2100
傳真：（852）2407 3062
電子郵件：info@suplogistics.com.hk

印刷 / 美雅印刷製本有限公司

香港觀塘榮業街 6 號海濱工業大廈 4 樓 A 室

版次 / 2018 年 2 月第 1 版第 1 次印刷

© 2018 中華教育

規格 / 16 開（226mm x 190mm）
ISBN / 978-988-8512-04-1

中外名著故事匯幼兒版・聊齋故事